Kaho Miyasaka

A ROMANTIC LOVE STORY 3

INTRODUCTION

Kotori Kaji vient d'entrer au lycée. Son premier jour de classe, le professeur est en train de faire l'appel lorsqu'un retardataire fait irruption dans la salle. Il s'agit de **Yukito Kaji**, un homonyme que notre jeune héroïne connaît déjà : il l'a surprise peu avant en train de se faire plaquer dans la rue... par un petit ami virtuel, dans un jeu vidéo.

Yukito est un ancien voyou. Au début, Kotori est extrêmement méfiante à son égard. Mais, en le fréquentant, elle se rend compte combien il peut être gentil, et prend la mesure de sa franchise. Petit à petit, elle se sent attirée par lui.

Jusqu'au jour où ils découvrent que leurs points communs ne s'arrêtent pas à leur seul nom de famille : ils ont le même groupe sanguin et la même date de naissance !

Yukito dit alors à Kotori qu'il l'aime et l'embrasse... ce qui perturbe beaucoup la jeune fille. Les choses se compliquent encore quand toute la classe apprend leur relation...

SOMMAIRE

PERSONNAGES

Yukito Kaji

Joli garçon, la rumeur veut qu'il ait été un voyou par le passé. A affublé Kotori du surnom de "cui-cui".

Kotori Kaji

Adore les jeux vidéo, surtout les jeux sentimentaux. N'a jamais eu de petit ami… jusqu'à maintenant…

A ROMANTIC LOVE STORY

NOUS AVONS LE MÊME NOM... LE MÊME ÂGE...
... LA MÊME DATE DE NAISSANCE...
NOUS SOMMES SEMBLABLES.
MAIS...
... NOTRE VISAGE...
... NOTRE VOIX...
... NOTRE FAÇON DE PARLER...
... NOTRE FAÇON DE PENSER...
... SONT COMPLÈTEMENT DIFFÉRENTS.
LUI AUSSI, IL A BIEN DÛ S'EN RENDRE COMPTE ? ALORS POUR-QUOI...
"JE PEUX T'EMBRASSER ?"
QU'EST-CE QU'IL AURAIT FALLU QUE JE LUI RÉPONDE ?

A ROMANTIC LOVE STORY 3
9TH LESSON

EXCUSE-MOI... JE VAIS RENTRER SEULE.

SI JE ME RETROUVE SEULE AVEC LUI... ET QU'IL VEUT ENCORE M'EMBRASSER... CE SERA COMME LA PREMIÈRE FOIS : JE NE SAURAI PAS QUOI LUI RÉPONDRE !
...
COMME TU VOUDRAS.

AH...
...
OH...
OH
NON !

ON DIRAIT QUE...
... J'AI ENCORE...
... DIT...
... UNE BÊTISE.
IL A L'AIR EN COLÈRE.
IL Y AVAIT SÛREMENT UNE MEILLEURE FAÇON DE LE DIRE !
COMMENT JE VAIS RATTRAPER LE COUP ?
JE LUI ENVOIE UN MAIL ?
NON... CE SERAIT LOUCHE. IL FAUT QUE JE TROUVE UNE JUSTIFICATION CONVAINCANTE.
あわわ
FLIPPE
OUPS
LE COLLIER...
...

POUR ÇA AUSSI, IL VA FALLOIR QUE JE RATTRAPE LE COUP !
YUKITO !
TU AS DU TEMPS, CET APRÈS-MIDI ? ON BOUGE QUELQUE PART ?
JE...
J'AI À FAIRE.
SI TU TE SENS POUR UNE GOKON, UN DE CES QUATRE, TU SAIS OÙ ME TROUVER !
AÏE ! POURQUOI TU FAIS ÇA ?
LES GARÇONS ! VOUS ALLEZ QUELQUE PART CET APRÈS-MIDI ?
ON PEUT VENIR AVEC VOUS ?

PAS DE PROBLÈ-ME !
TOI AUSSI, VIENS AVEC NOUS, YUKITO ! ALLEZ !
MAIS ...
HA
ハッ
BON. OK.

BZUU
JE N'Y ARRIVE PAS DU TOUT.
STONK
OUPS...
BZIII
LE COLLIER AU PETIT OISEAU...
MAKE A WISH
POC
OH NON !

YUKITO...
... SI TU APPRENAIS QUE LE COLLIER S'EST CASSÉ... SI TU APPRENAIS QUE LA MAGIE DU PETIT OISEAU PORTE-BONHEUR S'EST ÉVAPORÉE... TU SERAIS FURIEUX, N'EST-CE PAS ?
ENTRE ÇA ET CE QUE J'AI DIT TOUT À L'HEURE... JE SUIS PIRE QUE TOUT.
...
YUKITO...
... IL DOIT ÊTRE EN TRAIN DE S'AMUSER AVEC LES AUTRES, À L'HEURE QU'IL EST.
HÉ ! GÉNIAL !
J'EN AI GAGNÉ QUATRE !
T'AS DU BOL !
MOI, JE N'EN AI EU QUE DEUX.
LE MAXIMUM, C'EST CINQ. MAIS ÇA NE SORT JAMAIS.
ON VA SE FAIRE UN PETIT JEU DE COMBAT ?
BONNE IDÉE.

Street Chups
Chupa Chups
OUAH !
UNE...
UNE MACHINE À SUCETTES ?
JE NE SAVAIS MÊME PAS QUE ÇA EXISTAIT !
INSTRUCTIONS
FAIS TOURNER LA ROULETTE... QUEL CHIFFRE S'AFFICHE ? ENTRE DEUX ET CINQ... C'EST LE NOMBRE DE SUCETTES QUE TU AS GAGNÉES !
...
ROULETTE STOP!
SCHLING

SI J'EN GAGNE CINQ, PEU IMPORTE LES CONSÉQUENCES : JE DIS TOUT À YUKITO POUR LE COLLIER, ET JE M'EXCUSE POUR TOUT À L'HEURE !
STOP!
ポチ
ROULETTE
STOP!
CLIC
CE QUI VEUT DIRE QUE... SI JE N'EN AI PAS CINQ, JE NE M'EXCUSE PAS ?
バラ
KLON
バラ
KLON
KLON

IL Y EN A...
... CINQ ?!!
ON FAIT QUOI, MAINTENANT ?
ON VA AILLEURS ?

HÉ !
YUKITO, TU ÉCOUTES ?
CROQUE
HEIN ? TU AS DIT QUELQUE CHOSE ?
JE DEMANDAIS CE QU'ON ALLAIT FAIRE POUR LA SUITE.
AH. EUH... COMME VOUS LE SENTEZ.
TU NE PARTICIPES PAS BEAUCOUP, DIS DONC !
AU FAIT... C'EST VRAI QUE KAJI ET TOI VOUS SORTEZ ENSEMBLE ?
...
PEUT-ÊTRE BIEN.

CE N'EST PAS UNE RÉPONSE, ÇA !
TU LUI AS FAIT TA DÉCLARATION, NON ?
POURTANT, QUAND ON VOUS VOIT, VOUS N'AVEZ PAS L'AIR D'UN COUPLE.
OUI, JE LUI AI FAIT MA DÉCLARATION. ET ALORS ?
LAISSE-MOI TRANQUILLE.
TU LUI AS DIT CLAIREMENT "SORTONS ENSEMBLE" ?
J'AI UNE AMIE, ELLE A DIT À UN GARÇON QU'ELLE L'AIMAIT, MAIS ELLE NE LUI A PAS DIT "SORTONS ENSEMBLE". DEPUIS, LA RELATION EST DEVENUE AMBIGUË. ÇA STAGNE.
...
AH !
J'AI UN COPAIN QUI M'A RACONTÉ LE MÊME GENRE DE CHOSE.
JE...
JE NE...
JE NE LE LUI AI PAS DIT.
QUOIIIII ?!

TSSSK...
LA HONTE !
RYO...
RYOSUKE ?

QU'EST-CE QUI T'ARRIVE ? TU ES DEVENU NUL AVEC LES FILLES, OU QUOI ?
TU CHERCHES À BATTRE TON RECORD DE DURÉE MINIMUM ?
JE NE SUIS PAS DEVENU NUL !
QU'EST-CE QUE TU FABRIQUES ICI ?
IL EST PLUTÔT MIGNON.
C'EST QUI ? UN AMI DE YUKITO ?
CE QUE JE FAIS ICI ?
JE SUIS JUSTE VENU TE MONTRER ÇA !

C'EST MA COPINE. REGARDE-LA BIEN.
MIGNONNE, HEIN ?
À LA PROCHAINE ! ♪
HÉ HÉ ! ♡
QUOI ? C'EST TOUT ?
C'ÉTAIT ...
... QUI, ÇA ?
ZUT, IL A UNE COPINE, TANT PIS...
RYOSUKE MASAKI.
UN VIEUX POTE.
IL EST TOUT LE TEMPS COMME ÇA.
"TU ES DEVENU NUL OU QUOI ?"
RAAAAAH !

JE N'Y ARRIVE PAAAAS !
JE SUIS DÉSOLÉE DE T'AVOIR DIT NON QUAND TU M'AS PROPOSÉ DE ME RACCOMPAGNER. D'AUTANT PLUS QUE JE N'AI PAS BIEN CHOISI MES MOTS. J'ESPÈRE QUE TU N'ES PAS TROP EN COLÈRE. JE DOIS T'AVOUER QUE J'AI UN PEU DE MAL À EXPRIMER CE QUE JE RESSENS, SURTOUT APRÈS CE QUI S'EST PASSÉ CET APRÈS-MIMDI.
HMM.. ÇA MANQUE UN PEU DE SENTIMENT...
EN PLUS, J'AI TAPÉ "MIMDI".
LA HONTE...
ESSAYONS DE RENDRE ÇA UN PEU PLUS VIVANT.
TIC
カチ
カチ
TIC
OUIIIIIN !
GNE CHUIS DÉJOLÉEEEE !
...
IL VA CROIRE QUE JE ME FICHE DE LUI...
IL VAUDRAIT MIEUX QUE JE LUI DISE DIRECTEMENT. JE VAIS L'APPELER.

QUOIIIIII ?!
CE N'EST PAS VRAI ?
YUKITO !
QU'EST-CE QU'IL FAIT ICI ?!
EST-CE QUE...
... ÇA VEUT DIRE...
... QUE JE DOIS M'EXCUSER DIRECTEMENT ?
C'EST UN SIGNE DU DESTIN ?

IL A L'AIR...
... DE S'AMUSER.
JE NE L'AI...
... JAMAIS TOUCHÉ COMME ÇA.

OH NON !
QU'EST-CE QU'IL Y A ?
TU PEUX ME PRÊTER TON VÉLO, YUKITO ? J'AI OUBLIÉ MON PORTABLE AU BAHUT !
QUOI ?
SON... VÉLO ?
OH. PAS DE PROBLÈME.
MERCI !
TAC
MAIS ...

"MON VÉLO EST CASSÉ. À PARTIR D'AUJOURD'HUI, JE PRENDS LE TRAIN AVEC TOI."
"JE NE L'AI PAS CHOISI PAR HASARD."

LE PENDENTIF... MON PORTE-BONHEUR... JE DOIS LE RÉCUPÉRER !
YUKITO A FAIT DES EFFORTS POUR LE GAGNER ! POUR MOI !
タッ
TAC
JE N'AI PAS LE DROIT DE LE REMPLACER ! NI DE L'ABANDONNER !

ÇA NE PEUT ÊTRE QUE CELUI-LÀ, ET PAS UN AUTRE !
TU REGARDES QUOI, ABE ?
CE JEU, LÀ-BAS. JE NE L'AVAIS JAMAIS VU.
ON L'ESSAIE ?
*DOKIMEMMO FIGHT
Fight
AÏE ! MAIS QU'EST-CE QUE J'AI DIT ?
JE NE PERDRAI PAS CONTRE TOI !

ON PRENDRA UN PURI-KURA TOUS ENSEMBLE, TOUT À L'HEURE ?
UN PURI-KURA ?
...
SCHLIC
JE ME DEMANDE CE QU'ELLE FAIT, EN CE MOMENT.

JE NE LE TROUVE PAS ...

À PART ICI, AU LYCÉE, JE NE VOIS PAS OÙ J'AURAIS PU L'ÉGARER.
MAIS COMME LE MÉNAGE A ÉTÉ FAIT, JE CRAINS LE PIRE...
TOUTE SEULE... C'EST UN PEU OP-PRESSANT, COMME ENDROIT.
VOYONS VOIR... EST-CE QUE J'AI FAIT LE TOUR ?
TILT
BAM
LE TOIT !

BAA
NON...
IL N'A PAS L'AIR D'ÊTRE LÀ.
TIENS ? CE TROU, LÀ-BAS... ALLONS Y JETER UN COUP D'ŒIL.
JE N'Y CROIS PAS TROP, MAIS ON NE SAIT JAMAIS. UN COUP DE VENT MAL-VENU, ET...
AH !
IL Y A QUELQUE CHOSE !
C'EST ÉTROIT !

ALLEZ !
ENCORE UN TOUT PETIT PEU...
JE...
JE L'AI !
C'EST...
C'EST JUSTE UN BOUT DE VERRE...
ÇA AURAIT ÉTÉ TROP BEAU.
...
ガクッ
PWAAAP
HM ?
JE...
JE N'ARRIVE PLUS À AVANCER...

HO HISSE !
ZIP
AH ! ÇA Y EST !
ZIP ZIP
ZIP
HUMPF !
BAA
OUF !
ÇA Y EST ! JE SUIS SORTIE.
MAIS ...?!

JE...
CE N'EST PAS VRAI !
COMMENT JE ME SUIS DÉBROUILLÉE ?
MES FESSES SONT COINCÉES !
... JE SUIS COINCÉE ...
LA POISSE !
...

QU'EST-CE QUE JE VAIS FAIRE ?
PERSONNE NE VIENT JAMAIS SUR CE TOIT !
J'IMAGINE DÉJÀ LES TITRES DES JOURNAUX : "UNE LYCÉENNE MEURT LES FESSES COINCÉES SUR LE TOIT DE SON LYCÉE"...
LE CAU-CHEMAR !!
AU...
AU SECOURS ! QUELQU'UN !
MAIS OUI ! MON PORTA-BLE ! J'AURAIS DÛ Y PENSER !
JE VAIS L'UTILISER POUR APPELER À L'AIDE.
SI J'ARRIVE À LE SOR-TIR...
BRRRR
BRRRR

ELLE NE RÉPOND PAS…
TUUUT TUUUT
À… L'AIDE …
A… ALLÔ ?
VIENS À MON SECOURS !
KOTORI ?
J'AI BE-SOIN D'AIDE !
C'EST LA HONTE, MAIS… IL FAUT ABSOLU-MENT QUE TU VIEN-NES !
HEIN ?
CE… CE SONT MES FESSES …
QU'EST-CE QUI SE PASSE ?!
TES FESSES ?

...
PFFFFFRT !
NE... NE TE MOQUE PAS !
TU ES INCROYA-BLE.
GWI

OUPS !
OUAH !
PARDON !
BON. NE RESTONS PAS LÀ.
PFF
AH ...
PA...

C'ÉTAIT DONC ÇA !
LA CHAÎNE DU COLLIER S'EST CASSÉE.
OUI. COMME C'EST MON PORTE-BONHEUR, JE ME SUIS DIT QUE J'ALLAIS REVENIR LE CHERCHER AVANT DE RENTRER À LA MAISON…
ÇA…
ÇA EXPLIQUE TOUT !
D'OÙ LE "JE VAIS RENTRER SEULE".
HEIN ?
NON, RIEN.
ENFIN !
NE T'EN FAIS PAS POUR SI PEU.
C'ÉTAIT JUSTE UNE BABIOLE SANS VALEUR.
NON.
C'EST TOI QUI L'AVAIS GAGNÉ EXPRÈS POUR ME LE DONNER. DE LA VALEUR, IL EN AVAIT BEAUCOUP POUR MOI.

NE FAIS PAS CETTE TÊTE. JE T'EN OFFRIRAI UN AUTRE.
ARGH !
IL S'EST MIS À PLEUVOIR.
HEIN ?
JE N'AI PAS DE PARA-PLUIE. ET TOI, KOTORI ?
EUH... MOI NON PLUS.
...
BON. ALORS, ON N'A PLUS QU'À ATTENDRE QUE ÇA S'ARRÊTE.

サァァ…
PSCHHH
JE NE TROUVE RIEN À DIRE...
ÇA VA ÊTRE DUR DE NE PAS REPENSER À CE MIDI...

QUE ...?
MAIS ...?
POURQUOI EST-CE QU'IL S'ÉLOIGNE ?
?
EST-CE QUE J'AI ENCORE FAIT UNE BÊTISE ?
DÉCIDÉMENT, JE RATE TOUT AUJOURD'HUI.
QUE FAIRE...?
IL FAUT QUE JE TROUVE QUELQUE CHOSE À DIRE !
MAIS QUOI ?
N'IMPORTE QUOI FERA L'AFFAIRE...
TU...
TU VEUX UNE SUCETTE ?

HEIN ?
HA HA !
C'EST DINGUE, ON A SORTI PILE LE MÊME TRUC !
OUI...
MOI AUSSI.
MOI, C'EST PARCE QUE J'EN AI GAGNÉ CINQ TOUT À L'HEURE, À LA SALLE DE JEUX.
ATTENDS ...
SÉRIEUX ?

ENCORE UNE FOIS...
... TOUT PAREIL !
EN FAIT, J'EN AI MÊME GAGNÉ PLUS QUE ÇA.
REGAR-DE.
OUAH !
AU DÉPART, JE VOULAIS GAGNER UN AUTRE ACCESSOIRE POUR TOI, GENRE UN BRACELET, MAIS JE N'ARRIVAIS À RIEN.
ALORS, JE ME SUIS RABATTU SUR LES SUCETTES. LÀ, J'AI FAIT UN CARTON !

... BON ...
JE PEUX VENIR PLUS PRÈS DE TOI ?
AH...
TOUT...
HEIN ?
... PRÈS...

NON.
ÇA ME DONNERAIT ENVIE DE T'EMBRAS-SER.

A ROMANTIC
LOVE STORY
3
10TH LESSON

ザァ
PSCHHH
NOUS SOMMES SEULS, IL FAIT NUIT : J'AURAI FORCÉMENT ENVIE.
TU VEUX PRENDRE LE RISQUE ?

POU...
POURQUOI TU DIS ÇA COMME ÇA ?
ÇA VEUT DIRE QUE... JE PEUX ?
...

SUU
SI TU AS VRAIMENT ENVIE QU'ON SOIT ENSEM-BLE POUR DE BON, PASSE LA JOURNÉE D'APRÈS-DEMAIN SEULE AVEC MOI.

SI TU ES D'ACCORD, PRENDS ÇA.
PSCHHH

POF
ドサ
TOUT À L'HEURE... YUKITO N'ÉTAIT PAS COMME D'HABITUDE. J'AI EU ENCORE PLUS DE MAL À TROUVER MES MOTS QUE LES AUTRES FOIS.
...
SUR LA FIN, ON N'A MÊME PLUS RÉUSSI À SE PARLER DU TOUT.
?
ON DIRAIT QU'IL Y A QUELQUE CHOSE DANS MON SOUTIEN-GORGE...

...
...
IL...
IL ÉTAIT DONC LÀ !
HIKARU
Vois le bon côté des choses : tu l'as retrouvé !
MOUI. C'EST SÛR.
IL VAUT MIEUX QUE JE LE DISE À YUKITO, N'EST-CE PAS ?
PA
HIKA
Oui... à moins que tu ne préfères t'en faire offrir un nouveau...?
YEK YEK

NE...
NE DIS PAS DE BÊTISES !
ÇA NE SE FAIT PAS !
...
ESSUYER UN REFUS... CE N'EST JAMAIS FACILE.
KOTORI
Tu crois que j'aurais mieux fait de dire "oui", et de le laisser m'embrasser ?
PA
HIKARU
De toute façon, tu crois que tu aurais pu ?
C'EST VRAI.
J'AURAIS EU HONTE.
JE SERAIS DEVENUE TOUTE ROUGE. IL M'AURAIT TROUVÉE RIDICULE.
PA
HIKARU
Ce genre de traits de caractère, ça a son charme, tu sais ?

ス
SUUU
JE ME SENS IDIOTE À PANIQUER CHAQUE FOIS QUE JE PENSE À LUI.
HIKARU
Tu vas à son rendez-vous, non ?
PA
OUI.
JE NE POUVAIS PAS REFUSER. JE NE VEUX SURTOUT PAS QU'IL M'EN VEUILLE.

コロ
ROUL
DÉSOLÉ !
OH…
…
POUR …
POUR DEMAIN, JE T'ENVERRAI UN MAIL AVEC LES DÉTAILS.
O… OK.

...
J'AI... J'AI FRÔLÉ LA CRISE CARDIAQUE.
À CE TRAIN-LÀ, DEMAIN, ÇA VA ÊTRE ENCORE PIRE QUE D'HABITUDE !
PAS
HIKARU
Au fait, lundi, je ne serai peut-être pas disponible pour chatter. Mais j'attends avec impatience ton rapport !
AH BON ?
PAS DISPONIBLE ? COMMENT ÇA SE FAIT ?
HIKARU
J'ai à faire. Je ne peux pas te donner les détails, mais...
JE VOIS.
DOMMAGE.
JE PASSERAI PLUS TARD, ALORS.
HIKARU
PAS
J'espère que tout se passera bien pour toi !
MERCI.

POF
WOF
DEMAIN... IL NE VA PAS FALLOIR FAIRE DE GAFFE.
...
HA HA ! TU M'ÉTONNES ! LE PREMIER RENDEZ-VOUS, C'EST LÀ QU'ON RISQUE LE PLUS DE MAL INTERPRÉTER UN TRUC ET DE TOUT GÂCHER.
À QUI LE DIS-TU...
QU'EST-CE QUE TU FICHES ICI ?!
'LUT !

DE QUEL DROIT TU T'INTRODUIS CHEZ LES GENS SANS LEUR ACCORD ?!
J'AI EU CELUI DE TA MÈRE.
BOF
NE TE FICHE PAS DE MOI !
DIS DONC, CE PURIKURA...
... JE NE SAVAIS PAS QUE TU AVAIS CE GENRE DE PENCHANTS.
PERSONNAGE DE MANGA. ET GARÇON, EN PLUS ! ♡
ARGH !
NE TOUCHE PAS À ÇA !
QUOI, C'EST INTIME ?
TAC
LÂCHE-MOI.
ENVOI EN COURS
RYOSUKE... QU'EST-CE QUE TU AS ENVOYÉ ?!
UN MAIL QUI ÉTAIT RESTÉ DANS TA BOÎTE D'ENVOIS.

PA
TAC
CLIC
CLIC
CLIC
CLIC
À : KOTORI
OBJET : RENDEZ-VOUS
ON SE DONNE RENDEZ-VOUS AU GRAND COMPLEXE OÙ IL Y A LE CINÉ ?
AH, ET PUIS... DANS LA MESURE OÙ NOUS SOMMES MAINTENANT OFFICIELLEMENT ENSEMBLE... PRÉPARE-TOI, PARCE QUE NOUS ALLONS NOUS EMBRASSER ! ♡♡
PRÉPARE-TOI, PARCE QUE NOUS ALLONS NOUS EMBRASSER ! ♡♡
À PROPOS DE TA COPINE, D'AILLEURS : ELLE A VRAIMENT UN DRÔLE DE NOM.
QUAND J'ÉTAIS AU COLLÈGE, IL Y AVAIT AUSSI UNE FILLE AVEC UN NOM BIZARRE DANS MA CLASSE, MAIS...
TU VAS ME LE PAYEEER !
QU'EST-CE QUI T'A PRIS D'ÉCRIRE N'IMPORTE QUOI DANS MON MAIL ?!
KIXK

AÏE !
...
J'AI GOÛT PORC OU MAÏS. QU'EST-CE QUE TU PRÉFÈRES ?
PORC.
CE...
À : KOTORI
OBJET : RENDEZ-VOUS
ON SE DONNE RENDEZ-VOUS AU GRAND COMPLEXE OÙ IL Y A LE CINÉ ?
AH, ET PUIS... DANS LA MESURE OÙ NOUS SOMMES MAINTENANT OFFICIELLEMENT ENSEMBLE... PRÉPARE-TOI, PARCE QUE NOUS ALLONS NOUS EMBRASSER ! ♡♡

CE N'EST PAS VRAIIII ?!
SHIBUYA 109
ELLE N'A PAS DORMI DE LA NUIT.
JE N'AI MÊME PAS RÉUSSI À LUI ENVOYER DE RÉPONSE.
...
IL N'A PAS TROUVÉ DE BONNE IDÉE POUR RATTRAPER LE COUP.
YU...
YUKITO.

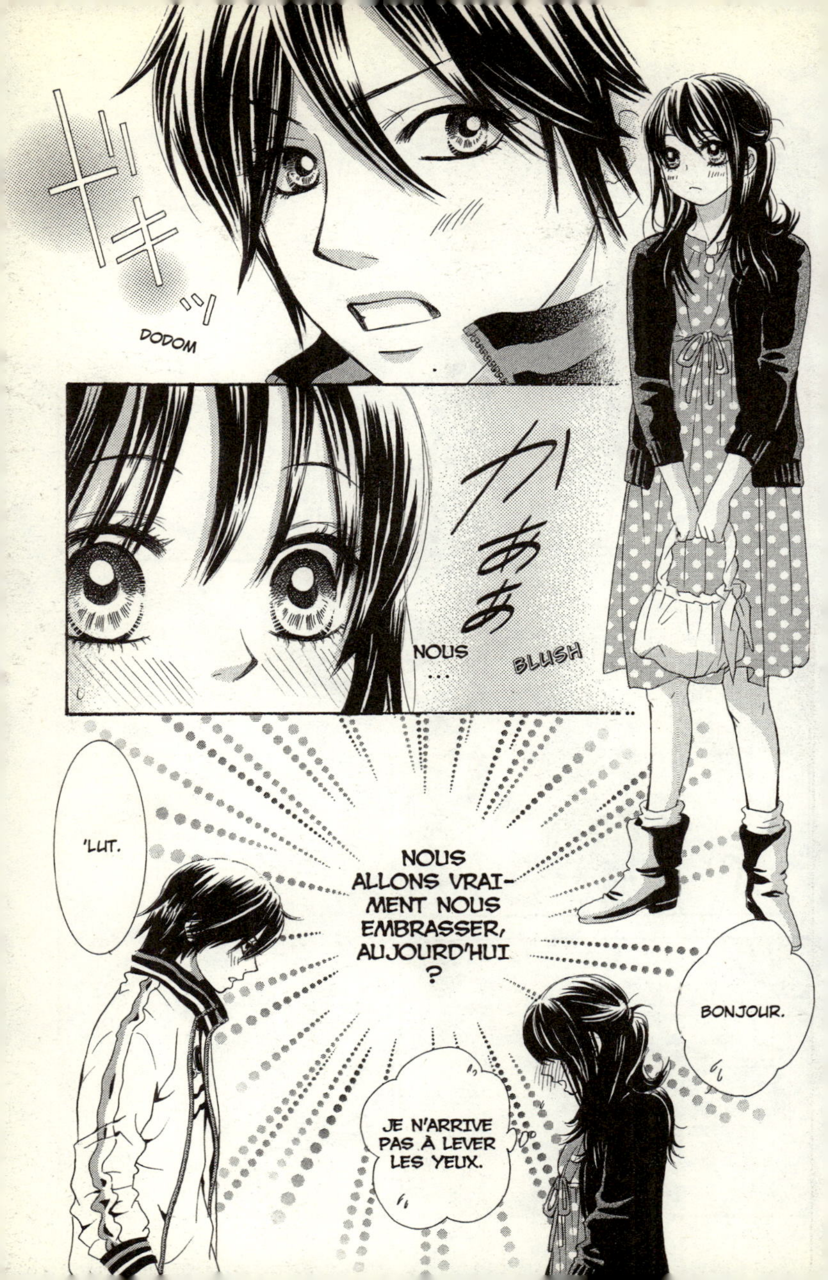
ドキッ
DODOM
かああ
BLUSH
NOUS ...
NOUS ALLONS VRAIMENT NOUS EMBRASSER, AUJOURD'HUI ?
BONJOUR.
'LUT.
JE N'ARRIVE PAS À LEVER LES YEUX.

DE LE VOIR SANS L'UNIFORME DU LYCÉE... ÇA ME MET ENCORE PLUS MAL À L'AISE.
C'EST LA PREMIÈRE FOIS QUE JE LE VOIS SANS.
J'ESPÈRE QU'IL AIME MES VÊTEMENTS, À MOI.
POUR COMMENCER, ON VA VOIR UN FILM ?
AH... EUH...
D'ACCORD.
IL N'A PAS FAIT DE COMPLIMENTS. PEUT-ÊTRE QUE ÇA NE LUI PLAÎT PAS ?
UN FILM... C'EST JUSTE CE QU'IL ME FALLAIT : ON N'A PAS À SE REGARDER, NI À DISCUTER...
POF
FIOUH.
... ET ÇA PERMET DE CACHER LE FAIT QUE JE SUIS HYPER STRESSÉE.
!
DODOM

OUPS... PARDON...
ZIP
GLOUPS
OUPS...
SI JE RÉAGIS COMME ÇA, IL VA AVOIR L'IMPRESSION QUE JE L'ÉVITE !
...
C'EST BIEN CE QUE JE CRAIGNAIS.
IL N'A PAS L'AIR CONTENT.
J'AIMERAIS TANT ARRIVER À ÊTRE NATURELLE... ET À DISCUTER NATURELLEMENT.
DEPUIS L'AUTRE FOIS... RIEN NE VA PLUS. JE SUIS MAL À L'AISE, ET ÇA GÂCHE TOUT.
...
AU SUJET...
... DU MAIL D'HIER...
DODOM
...

EUH... OUI ?
IL VA ME PARLER... DU BAISER !
TU NE M'AS PAS ENVOYÉ DE RÉPONSE.
PARDON. JE ME SUIS ENDORMIE.
AH ! ÇA COMMENCE.
ON EN DISCUTERA APRÈS.
QUOIIIIIII ?!
IL... IL VA ME LAISSER COMME ÇA JUSQU'À LA FIN DU FILM ?! JE VEUX SAVOIR LA SUITE, MOI !

DODOM
ドキ
QU'EST-CE QUE ÇA PEUT BIEN ÊTRE ?
EST-CE QU'IL M'EN VEUT PARCE QUE JE N'AI PAS RÉPONDU ?
EN MÊME TEMPS... JE N'AVAIS RIEN À LUI RÉPONDRE.
DO-DOM
ドキ
SI ÇA SE TROUVE... IL A L'INTENTION DE FAIRE ÇA ICI ?
NON... CE SERAIT UN PEU...
ドキ
ドキ
REGARD EN COIN
チラ
DODOM
DODOM
DODOM
ドキ
ドキ
IMPOSSIBLE DE ME CONCENTRER SUR LE FILM.
JE NE SAIS PAS SI C'EST LE MANQUE DE SOMMEIL, MAIS... J'AI LA TÊTE QUI TOURNE.
AAAAH ...
JE CROIS.
TROP D'IMAGES...
ARRRGH !

BON.
QU'EST-CE QU'ON FAIT, MAINTENANT ?
...
BLA BLA
BLA
BLA
EN TRAIN DE DORMIR.

LE FILM L'A ENNUYEE ?
...
UUH...
TILT
HM ?
QUE...
HEIN ?
LE...
LE FILM ?
IL EST TERMINÉ.
QUOI ?!
TU AS DORMI TOUT LE LONG.
QUOIII ?!
ET...
... TU AVAIS LES YEUX À MOITIÉ OUVERTS.

ARRRRRGH !
...

C'EST LA HONTE SUPRÊME.
EN PLUS, J'AI BAVÉ...
ALLONS-Y.
IL...
IL N'A PAS L'AIR CONTENT...
JE... JE SUIS NAVRÉE...
PFF-FRT...

BWA HA HA HA HA HA !
TU AURAIS DÛ VOIR TA TÊTE !
DOMMAGE QUE JE N'AIE PAS PRIS DE PHOTOS.
CE RIRE IDIOT... C'EST LE MÊME QUE CELUI DE LA PREMIÈRE FOIS OÙ ON S'EST VUS.
JE N'AVAIS JAMAIS VU PERSONNE FAIRE CETTE TRONCHE EN DORMANT.
ET EN PLUS, TU BAVAIS.
ÇA... ÇA PROUVE QUE...
... JE ME SENTAIS EN SÉCURITÉ.

...
EST-CE QUE...
... J'AI BIEN FAIT DE DIRE ÇA ?
ON VA OÙ, MAINTENANT ?
JOYMAX
JOYMAX
JOYMAX

CE SON...
... ET CES LUMIÈRES ...
... JE ME SENS BIEN ICI, PAS TOI ?
OH, QUE SI...
DIS...
JE REFERAIS BIEN UNE PARTIE DU JEU DE COMBAT DOKIMEMO. PAS TOI ?
HORS DE QUES-TION.
POUR ÇA, TU ES RÉVEILLÉE, HM ?
CETTE FOIS-CI, ON VA JOUER À UN DE MES JEUX.
TU PENSES QU'À PART POUR LES JEUX DE COMBAT, JE SUIS NULLE, C'EST ÇA ?
TU NE SAIS PAS À QUI TU AS AFFAIRE : ON ME SURNOMME "L'AS DU VOLANT".
ENFIN, JE ME SURNOMME.
LAS DU VOLANT ?
L'AS ! AVEC UNE APOSTROPHE !
LE PERDANT PAIE LE DÉJEUNER.
QUOI ?
NOUS QUI AVIONS TANT DE MAL...
... À NOUS TROUVER IL Y A ENCORE QUELQUES MINUTES...

VOILA QUE...
... NOUS NOUS AMUSONS COMME AVANT.
COMME QUOI... IL SUFFISAIT DE PEU DE CHOSES.
SI TANT EST QU'ON PUISSE QUALIFIER DE "PEU DE CHOSES" LE FAIT DE S'ENDORMIR EN PLEIN RENDEZ-VOUS...
À DOKI-MEMO, J'AURAIS EU UN MALUS POUR ÇA.
QUOI QU'IL EN SOIT...
JE SUIS HEUREUSE DE VOIR YUKITO RIRE.

GOAL!!
KOTORI
QUOI ?!
COMMENT ÇA SE FAIT QUE MÊME À LA COURSE, CE SOIT TOI QUI GAGNES ?
NOUS DISIONS DONC : LE PERDANT PAIE LE DÉJEUNER.
BAH...
QU'EST-CE QUE TU VEUX MANGER ?
OH !
TU NE PRÉFÉRERAIS PAS QUE JE T'ACHÈTE UN PETIT CADEAU ? JE POURRAIS ACHETER DEUX FOIS LA MÊME CHOSE, COMME ÇA ON EN AURAIT UN CHACUN.
CE TRUC, PAR EXEMPLE.

*DRAGONNE
**HONTE À TOI SI TU GÂCHES LA NOURRITURE ! BY M. ŒUF DUR.

AU FAIT… CE QUE TU VOULAIS ME DIRE TOUT À L'HEURE, C'ÉTAIT QUOI ?
AU CINÉ… AVANT LE DÉBUT DU FILM… À PROPOS DU MAIL D'HIER.
AH…
ÇA.
JE VOULAIS JUSTE TE DIRE… NE T'EN FAIS PAS POUR CE QUI ÉTAIT ÉCRIT. TU PEUX L'OUBLIER.
CE N'ÉTAIT PAS SÉRIEUX.

AH...
... BON...
CE N'ÉTAIT PAS SÉRIEUX.
BON...
JE PEUX L'OUBLIER.
BON...
KATAM
KATAM
KATAM

KATAM
TATAM
TOUTE LA TENSION...
... S'EST DISSIPÉE. J'AI UN PEU LA TÊTE QUI TOURNE.
J'AI DÛ ÊTRE UN PEU TROP À FOND À LA SALLE DE JEUX.
FLA
TOUT VA BIEN ? TU ES MALADE ? TU NE DIS PLUS RIEN DEPUIS TOUT À L'HEURE.
FLA
ÇA...
SI...
ÇA VA !
SI JE NE PARLE PLUS...
... CE N'EST PAS PARCE QUE JE SUIS MALADE.
TU ES SÛRE ? TU ES UN PEU PÂLE.
OUI, SÛRE !
AH !

グッ
TAC
TU NE TIENS PLUS SUR TES JAMBES !
APPUIE-TOI SUR MOI.
JE ME COMPORTE COMME UNE PETITE ÉGOÏSTE.
IL S'INQUIÈTE POUR MOI, ET MOI...
...
TA STATION, C'EST LA SUIVANTE, N'EST-CE PAS ?
OUI.
KATAM
KATAM
TATAM

NOTRE JOURNÉE EN TÊTE-À-TÊTE...
... EST SUR LE POINT DE S'ACHEVER.
...
EST-CE QUE NOUS ALLONS ENCORE UNE FOIS NOUS QUITTER EN NOUS REGARDANT DANS LE BLANC DES YEUX ?
IL FAUT QUE JE ME LAISSE ALLER... QUE JE LAISSE PARLER MES SENTIMENTS.
JE N'AI PLUS BEAUCOUP DE TEMPS. LE TRAIN VA ENTRER EN GARE.

NOUS ARRIVONS EN GARE DE...
LES PORTES S'OUVRIRONT DU CÔTÉ GAUCHE. MERCI D'AVOIR VOYAGÉ AVEC NOUS.
PSCHUU
BLA
BLA
BLA
ÇA Y EST.
ON EST ARRIVÉS...

KOTORI...
JE NE VEUX...
... PAS DESCENDRE.

ATTENTION À LA FERMETURE DES PORTES.
PSCHUUU

THOMP
...
YU... YUKI...

OUAH ...
OUAH ...
JE...
JE PEUX LE REFAIRE ?
OBSÉ-DÉ !
NOUS SOMMES EN PU-BLIC.
ÇA N'A PAS EU L'AIR DE TE DÉ-RANGER.
JE CROIS QUE... J'AI UN PEU LA TÊTE QUI TOURNE, MOI AUSSI !

APPUIE-TOI SUR LA PORTE.
TOUT À L'HEURE ENCORE...
... TOUT SEMBLAIT SI COMPLIQUÉ.
SI LA SITUATION A PU SE RETOURNER SI FACILEMENT...
... SI J'AI PU PASSER DE LA GÊNE AU BIEN-ÊTRE AUSSI RAPIDEMENT...
... SERAIT-CE... PARCE QUE C'EST LUI ?

KOTORI
Hikaru ?
JE ME DEMANDE S'IL EST LÀ.
J'AIMERAIS BIEN LUI RACONTER MON REN-DEZ-VOUS.

3
A ROMANTIC
LOVE STORY
11TH LESSON

MAKE A WISH

HÉ HÉ...
HÉ HÉ HÉ HÉ...
HÉ HÉ... HI HI.
QU'EST-CE QUE TU AS À RIGOLER COMME ÇA, YUKITO ?
C'EST TA BOMBE AU RIZ QUI TE REND SI JOYEUX ?
C'EST PARCE QU'ILS N'EN VENDAIENT PLUS CES JOURS-CI ? ÇA T'AVAIT MANQUÉ À CE POINT ?
ARRÊTEZ VOS BÊTISES !

OK OK.
MAIS ALORS, DIS-NOUS : IL S'EST PASSÉ QUELQUE CHOSE ?
NON, RIEN.
...
ENFIN, PAS EXACTEMENT "RIEN".
JUSTE UN TOUT PETIT TRUC. PAS GRAND-CHOSE.
HON HOOOON ?
GLOING
ちらりん
VOUS VOULEZ SAVOIR QUOI ?
BOOOOF.
JE PEUX VOUS LE DIRE, SI VOUS VOULEZ.
ON NE VOUDRAIT ...
... SURTOUT PAS TE FORCER.
ALLEZ, DEMANDEZ-MOI !
PAS QUESTION.

DEMAN-DEZ !
GYAAAH
ギャーーッ
JAMAIS DE LA VIE !
VOUS EN FAITES DU BRUIT, LES GARÇONS !
TU ES PASSÉ À L'ÉTAPE SUPÉ-RIEURE AVEC KOTORI, C'EST ÇA ?
VOUS VOUS ÊTES EMBRAS-SÉS ?
LA HONTE !
OUAH !
TU ES TOUT ROUGE !
BOUUUH !
ÇA...
ÇA VA, HEIN !
HAAA...
JE SUIS SUPER CONTENT, MAIS EN MÊME TEMPS...

... JE NE SAIS PAS QUOI FAIRE, POUR LA SUITE.
PA
HIKARU ICHIJOJI
Je suis là.
KOTORI
Hikaru ?
SUPER ! COMME TU M'AVAIS DIT...
... QU'ON NE POURRAIT PEUT-ÊTRE PAS DISCUTER, AUJOURD'HUI...
EUH...
...
Tu as fait ce que tu devais faire ?
CE DONT TU M'AVAIS PARLÉ LA SEMAINE DERNIÈRE.
HOP.
SEND

"CE...
"... CE QUE J'AVAIS À FAIRE" ?!
PA
HIKARU ICHIJOJI
Euh... oui, enfin, bref. Pourquoi tu m'as appelé ? Tu as quelque chose à me dire ?
...
...
PA
KOTORI
Je voulais te remercier de m'avoir soutenue pour mon R-V. Grâce à toi, j'ai pu surmonter l'épreuve du baiser !
baiser
BAISER ?

QUOIIIIIIII ?!
IL...
IL Y A QUELQU'UN ?
J'AI ENTENDU UN HURLEMENT TERRIFIANT.
?
?
...

PA
ICHIJOJI
bon... Qu'est-ce que tu dirais qu'on se voie ? J'aimerais que tu me racontes tout ça de vive voix
HIKARU ICHIJOJI
Ah bon... Qu'est-ce que tu dirais qu'on se voie ? J'aimerais que tu me racontes tout ça de vive voix.
QU'ON...
... SE VOIE ?
CE SERAIT AVEC PLAISIR ! J'AIMERAIS BIEN SAVOIR QUI TU ES VRAIMENT.
HIKARU ICHIJOJI
Demain, après les cours, à 16h30. Derrière le lycée, au pied de la fontaine. Ça te conviendrait ?

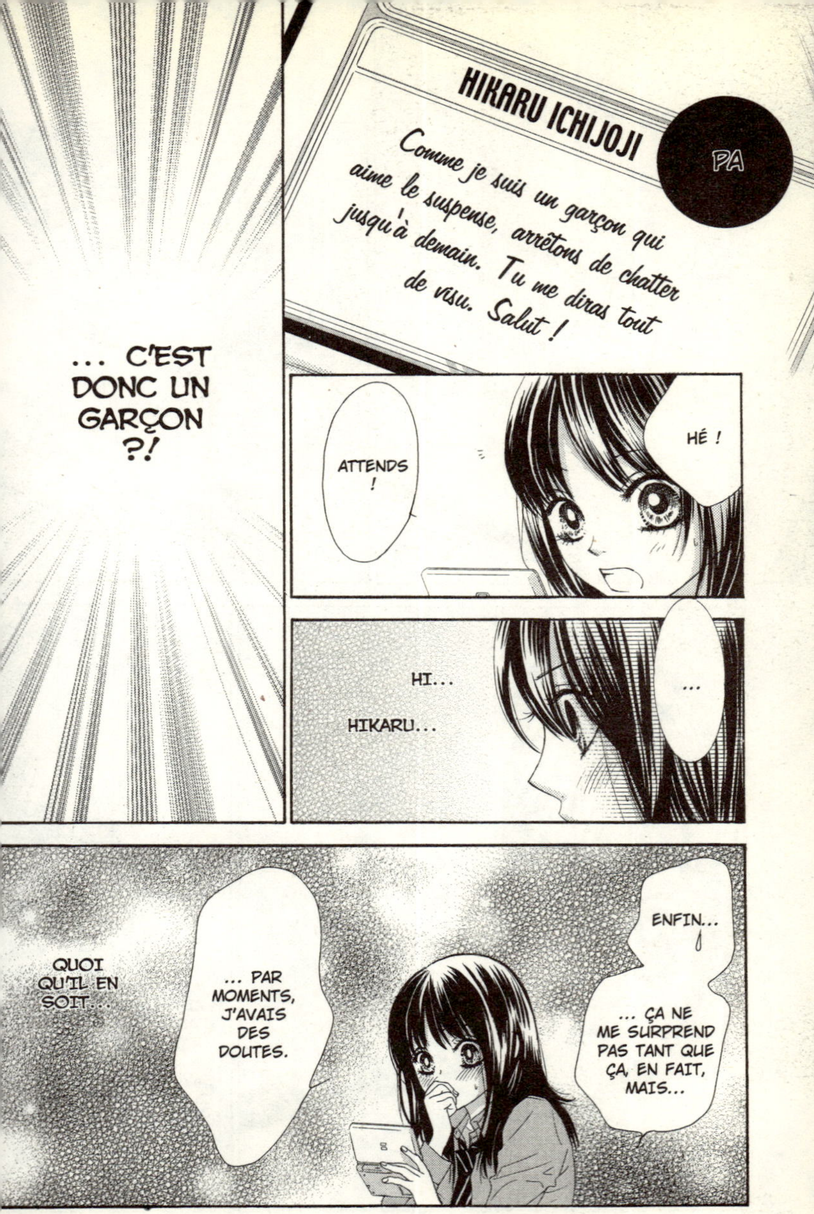
HIKARU ICHIJOJI
Comme je suis un garçon qui aime le suspense, arrêtons de chatter jusqu'à demain. Tu me diras tout de visu. Salut !
PA
HÉ !
ATTENDS !
...
HI...
HIKARU...
... C'EST DONC UN GARÇON ?!
ENFIN...
... ÇA NE ME SURPREND PAS TANT QUE ÇA, EN FAIT, MAIS...
... PAR MOMENTS, J'AVAIS DES DOUTES.
QUOI QU'IL EN SOIT...

... JE VAIS
ENFIN LE
RENCONTRER
POUR DE
VRAI !
...

TOUCHE
OUAH !
NE CRIE PAS COMME ÇA.
AH... ... C'EST TOI, YUKITO ?
TOI AUSSI, TU AS DESSIN À LA PROCHAINE HEURE, POUR LE COURS D'OPTION, NON ?
ON Y VA ENSEMBLE ?

QU'EST-CE QU'IL Y A ?
HEIN ? EUH... RIEN.
DANS...
... CE GENRE...
POURQUOI TU AS CHOISI DESSIN, TOI ?
HM ? MOI ?
BOF... PARCE QUE ÇA N'AVAIT PAS L'AIR TROP FATIGANT INTELLECTUELLEMENT.
QUELQUE CHOSE COMME ÇA.
TU N'AS PAS HONTE ?
... DE MOMENTS...
ET TOI, KOTORI ?
POUR POUVOIR DESSINER LES PERSONNAGES DE DOKIMEMO À LA PERFECTION.
C'EST TOI QUI DEVRAIS AVOIR HONTE.
... NOUS AVONS VRAIMENT L'AIR DE SORTIR ENSEMBLE... ?
JE VEUX DIRE, D'UN POINT DE VUE EXTÉRIEUR. ENFIN... JE ME COMPRENDS.
TIENS, LES DEUX KAJI !

ÇA A L'AIR D'ALLER, POUR VOUS !
ALLER ? COMMENT ÇA, ALLER ?
POUR LES INSCRIPTIONS AUX DIFFÉRENTS CERCLES D'ACTIVITÉ, LE DERNIER DÉLAI EST À LA FIN DU MOIS. VOUS VOULEZ BIEN DIRE À LA CLASSE QUE CEUX QUE ÇA INTÉRESSE DOIVENT SE DÉPÊCHER ?
MAIS... CE N'EST PLUS NOUS QUI SOMMES DE CORVÉE, M'SIEUR.
AH ?
BON. ENFIN, CE N'EST PAS GRAVE. JE COMPTE SUR VOUS.
MOUAIS.
LES CERCLES...
TU VAS ENTRER QUELQUE PART, TOI ?
HEIN ?
EUH...
JE NE SAIS PAS TROP...
HMM ...

...
LES CERCLES... J'AVAIS COMPLÈTEMENT OUBLIÉ.
AVEC TOUT CE QUI S'EST PASSÉ...
HIKARU.
DANS DOKIMEMO, LES CERCLES, C'EST UNE DE MES PARTIES PRÉFÉRÉES.
BELLE PASSE, KOTORI !
KOTORI, SOIS MA PARTENAIRE DE DOUBLES !
TU T'ES BLESSÉE, KOTORI ? LAISSE-MOI TE GUÉRIR AVEC UN BAISER.
KOTORI ! CHOISIS : HIKARU OU MOI ?
OUI... UNE DE MES PARTIES PRÉFÉRÉES !

ENTRER DANS UN CERCLE AVEC LA PERSONNE QU'ON AIME… ÇA DOIT ÊTRE FANTASTIQUE.
JE ME DEMANDE CE QUE YUKITO VA CHOISIR…
QU'EST-CE QU'IL ME RÉPONDRAIT, SI JE LUI DISAIS QUE J'ENTRE DANS LE MÊME QUE LUI ?
FOOT ? ÇA LUI IRAIT BIEN, FOOT…
…
SI ON ENTRAIT DANS LE MÊME CERCLE, TOUS LES DEUX ?
…
FROT
FROT

ZIP
?
GRAT
OK, JE SUIS BEAU, MAIS... UN PEU DE DIGNITÉ !
GRRR
HOP
HOP
POUR QUI TU TE PRENDS ?
DITES DONC ! LES DEUX KAJI ! VOUS N'ÊTES PAS LÀ POUR VOUS AMUSER.
IDIOTE.
ANDOUILLE.

...
AU FAIT...
LE COLLIER DE LA DERNIÈRE FOIS... JE L'AI RETROUVÉ ! MALHEUREUSEMENT, JE N'ARRIVE PAS À LE RÉPARER.
TIC TIC
SUU

SÉRIEUX ?
OUI.
TU L'AS ICI ?
OUI. ATTENDS.
FAIS VOIR.
TIENS.
COMME NEUF !

サッ
GRAT
ぱっ
HOP
COMME JE SUIS CONTENTE ! MERCI !

TOURNE-TOI.
HEIN ?

DODOM

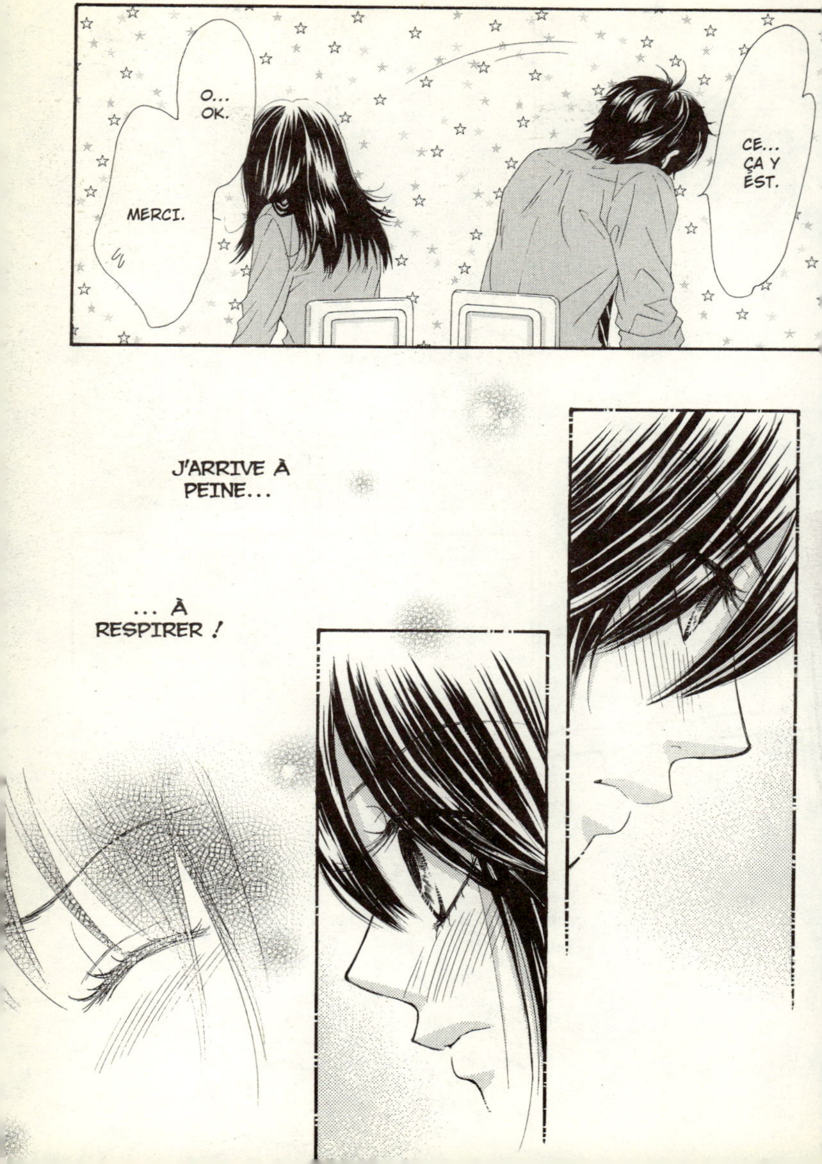
CE... ÇA Y EST.
O... OK.
MERCI.
J'ARRIVE À PEINE...
... À RESPIRER !

BROUHAHA
ガヤ
BROUHAHA
ガヤ
BROUHAHA
ガヤ
YUKITO ! APPAREMMENT, LE SPORT, C'EST EN EXTÉRIEUR AUJOURD'HUI.
ARGH ! EN EXTÉRIEUR... IL VA FALLOIR MARCHER. ZUT.
DÉPÊCHE-TOI D'Y ALLER.
ガサ
POF
ゴソ
KOTORI FAIT DES SÉANCES DE CHAT AVEC UN GARÇON. ILS SE SONT SECRÈTEMENT DONNÉ RENDEZ-VOUS DEMAIN À 16H30 DEVANT LA FONTAINE DERRIÈRE L'ÉCOLE.

QU'EST-CE QUE C'EST QUE ÇA ?
YUKITO ! ÇA VA SONNER.
HEIN ?
EUH, J'ARRIVE.

BI BIP
ピピッ
BI BIP
ピピッ
BI BIP
ピピッ
CLIC
GLOUPS
...
QUE...?!
MON PORTE-BONHEUR ! IL A ENCORE DISPARU !
!
C'EST JUSTE LA CHAÎNE QUI AVAIT TOURNÉ.
OUF !
JE SUIS RASSURÉE.

JE NE PEUX PAS M'EMPÊCHER DE LE REGARDER.

AU FAIT...
CLAC
À 16H30...
16:30 HIKARU ☆
... JE SAURAI ENFIN QUI SE CACHE DERRIÈRE "HIKARU" !

QUE VAIS-JE BIEN POUVOIR LUI DIRE ?
PAR OÙ COMMENCER ?
16H30, AU PIED DE LA FONTAINE DER-RIÈRE L'ÉCOLE... JE NE ME TROMPE PAS ?
JE DOIS LE REMERCIER DE M'AVOIR SOUTENUE COMME IL L'A FAIT. ET LUI RACONTER MON RENDEZ-VOUS !
PEUT-ÊTRE QU'ON POURRA AUSSI DISCUTER DE DOKIMEMO ?
JE ME DEMAND QUEL GENRE D GARÇON C'EST
EST-CE QU'IL RESSEMBLE AU HIKARU DU JEU ?
AVEC UN PEU DE CHANCE... NOUS POUR-RONS DEVENIR AMIS ?
AAAH ! JE COMMENCE À AVOIR LE TRAC !
JE DOIS SURTOUT ESSAYER DE RESTER CALME. NE PAS BÉGAYER.
J'AI TELLEMENT HÂTE DE SAVOIR !

KOTORI FAIT DES SÉANCES DE CHAT AVEC UN GARÇON. ILS SE SONT SECRÈTEMENT DONNÉ RENDEZ-VOUS DEMAIN À 16H30 DEVANT LA FONTAINE DERRIÈRE L'ÉCOLE.
ABE ! TU AS ACHETÉ LE NUMÉRO DE CETTE SEMAINE ? TU ME LE PRÊTES ?
SI TU VEUX. TU VOUDRAS LE LIRE AUSSI, YUKITO ?
NON. MERCI.
AU FAIT... C'EST DEMAIN QU'ON COMMENCE À ÊTRE NOTÉS EN SPORT !
ÇA VA FAIRE SAUTER D'AUTRES COURS ! TROP COOL ! ♡
AH ? J'AVAIS OUBLIÉ.
TU PLAISANTES, J'ESPÈRE ?
KSHA
QUOI ? TU PRÉFÈRES TE TAPER LES AUTRES COURS ?
QUE ...?
J'LE CROIS PAS !

CERCLE DE JEUX VIDÉO
JOIGNONS NOS EFFORTS, ET AUCUN JEU NE POURRA NOUS RÉSISTER ! ♡
C'EST NOTRE PASSION !
NOUS SOMMES OUVERTS AUX NOUVELLES INSCRIPTIONS. VENEZ NOUS RENDRE VISITE !

"CERCLE DE JEUX VIDÉO" ...
JE NE SAVAIS PAS QUE ÇA EXISTAIT.
J'AVOUE QUE ÇA POURRAIT M'INTÉRESSER.
JE ME DEMANDE S'ILS ACCEPTENT LES JEUX SENTIMENTAUX...
SE METTRE À PLUSIEURS POUR FINIR DES JEUX... ÇA DOIT ÊTRE AMUSANT.
...
ENCORE UN PEU PLUS DE QUATRE HEURES...
D'UN AUTRE CÔTÉ... IL N'Y A AUCUNE CHANCE QUE YUKITO Y ENTRE AVEC MOI.
POC

YUKITO ?!
ZIP
QU'EST-CE QUE TU CACHES DERRIÈRE TON DOS ?
HEIN ? EUH... RIEN.
...
SI CE N'EST RIEN, ALORS POURQUOI TU LE CACHES ?
FAIS VOIR !
OUAAH ! PAS QUESTION !
TU ÉTAIS SUR TA CONSOLE, C'EST ÇA ?
TAC
HEIN ? NON...
AAAH !

...
CERCLE DE JEUX VIDÉO
JOIGNONS NOS EFFORTS, ET AUCUN JEU NE POURRA NOUS RÉSISTER ! ♡
IL VA ENCORE ME TROUVER OTAKU...
AH ! C'ÉTAIT DONC ÇA !
IL N'Y A PAS DE QUOI SE CACHER.
C'EST JUSTE UN CERCLE.

HEIN ?
MOI QUI PENSAIS QUE TU ÉTAIS EN TRAIN DE FAIRE DU CHAT.
PEUH
QUOI ?
ET... ET ALORS ? CE... ÇA T'INTÉRES-SERAIT, PAR HASARD ?
LE CERCLE DE JEUX VIDÉO...
ABSO-LUMENT PAS.
C'EST BIEN CE QUE JE CRAI-GNAIS.
J'AI APPORTÉ DE QUOI DÉJEUNER. MANGEONS.
AUJOUR-D'HUI...
... J'AIMERAIS QU'ON AILLE S'AMUSER UN PEU AVANT DE RENTRER.

EUH... JE SUIS DÉSO-LÉE, MAIS AUJOURD'HUI JE NE PEUX PAS. J'AI UN TRUC DE PRÉVU...
AH BON ?
ON FERA ÇA DEMAIN !
...
TIENS !
REGARD E ÇA.
SEXY, NON ?
MOI, J'AIME ASSEZ.
LA FILLE EST MON GENRE.
FLAP
FLAP
?

E...
EUH...
SE... SEXY ?
HIN HIN
OU...
OUI, TU AS RAISON. TRÈS SEXY. ♡
MOI AUSSI, C'EST MON GENRE DE FILLES.
BAA
QU'EST-CE QUI LUI PREND, TOUT À COUP ?!
QUE...
QU'EST-CE QUE TU RACONTES ?!
BAH QUOI ?
ELLE EST SEXY. C'EST TOI-MÊME QUI L'AS DIT.
MAIS ?
CE N'EST PAS CE QUE TU ÉTAIS CENSÉE RÉPONDRE !

QUE…
…
QU'EST-CE QUI …
… SE PASSE ?!
…
KOTORI… TU AS DÉJÀ FAIT DU CHAT ?
DU CHAT ?
OUI.
…
SANS HÉSITATION.
QU'EST-CE QUE ÇA A DE SI INTÉRESSANT, LE CHAT ?
DE QUOI ON Y DISCUTE ?
ON NE SAIT MÊME PAS VRAIMENT AVEC QUI ON PARLE, SI JE NE M'ABUSE ?

NON, EFFECTIVEMENT.
MAIS...
... C'EST JUSTEMENT CE QUI FAIT QU'ON SE SENT LIBRES DE PARLER DE TOUT. NE PAS VOIR SON INTERLOCUTEUR, ÇA LIBÈRE.
PARLER DE TOUT... C'EST-À-DIRE... PARLER DE MOI ?
C'EST À ÇA QUE ÇA TE SERT ? À DISCUTER DE NOTRE RELATION ?

HA

OUBLIE !
FAIS COMME SI JE N'AVAIS RIEN DIT !
DEMAIN, POUR LE CONTRÔLE DE SPORT...
... J'ESPÈRE QUE TU SERAS LÀ POUR ME REGARDER !

JE VAIS FAIRE EXPLOSER TOUS LES RECORDS ! TU VERRAS !
TU SERAS TELLEMENT ABSORBÉE PAR MOI QUE TU NE POURRAS PAS REGARDER AILLEURS !

ぽわん…
PWAAAP
…
は？
GNÉ ?
JE ME DEMANDE…
… QUELLE MOUCHE…
… L'A PIQUÉ.
ガサッ
KSA
?
QUE …?

AAAAAAH !
DES...
... DES YEUX !!
KSA
SASAA
YAAAAAAAH !
...
?!

A ROMANTIC LOVE STORY
3
12TH LESSON

LES...

LES YEUX DE L'INFIRMERIE ?!
HOP...
KSA
KSA
KSA
TOC
HE HE !
TU M'AS DÉCOUVERTE.

DODOM
QUELLE...
... JOLIE FILLE.
LE GARÇON AVEC QUI TU DISCUTAIS, C'ÉTAIT TON PETIT AMI ?
HEIN ? EUH...
HA
POURQUOI EST-CE QUE JE ROUGIS, MOI ?

GLOUPS
SUU
?!
TU ES MIGNONNE …
… MAIS UN PEU LENTE.

LENTE ? LENTE POUR QUOI ?
TIENS. CADEAU.
J'EN AI ACHETÉ TROP POUR MOI.

HEIN ?
ATTENDS !
UNE BOMBE AU RIZ ?
EST-CE QUE...
... EST-CE QUE ÇA SIGNIFIE QUE...
... CETTE FILLE... C'EST CELLE DE LA CANTINE ?!

...
AINSI DONC, L'AUTRE JOUR À L'INFIRMERIE, C'ÉTAIT ELLE. LA FILLE DE LA CANTINE.
ELLE A COMPLÈTEMENT CHANGÉ DE LOOK.
JE ME DEMANDE ...
... POURQUOI ELLE A DIT QUE J'ÉTAIS "LENTE". C'EST PARCE QUE JE NE L'AI PAS RECONNUE ?
HMM...

SCHRIT
ピン
PIC
QUE...?
HÉ HÉ...
?
?
MÊME YUKITO N'EST PAS DANS SON ÉTAT NORMAL.
?
AUJOURD'HUI, C'EST VRAIMENT UN JOUR BIZARRE.

SALLE DE CUISINE
AUJOURD'HUI, NOUS ALLONS FAIRE DES BROWNIES AU CHOCOLAT.
LES GROUPES SONT AFFICHÉS ICI. QUAND VOUS AUREZ REJOINT VOS PARTENAIRES, COMMENCEZ.
BROWNIES : INGRÉDIENTS FARINE ŒUFS BEURRE SUCRE CHOCOLAT NOIX
UI MADAME.
JE ME DEMANDE SI YUKITO AIME LES GÂTEAUX ?
DES BROWNIES AU CHOCOLAT...
JE ME SOUVIENS, AU COLLÈGE... J'AVAIS DES CAMARADES QUI OFFRAIENT LES GÂTEAUX QU'ELLES FAISAIENT EN COURS AU GARÇON QU'ELLES AIMAIENT. J'ÉTAIS JALOUSE !
PERSO DE DOKIMEMO POUR LA FIGURATION.
SI JE LUI DONNE MES BROWNIES, COMMENT RÉAGIRA-T-IL ?
J'AIMERAIS TANT QUE ÇA LUI FASSE PLAISIR.
HEIN ?
OH NOOOON !

POURQUOI KAJI EST DANS NOTRE GROUPE ?!
OUAIS. DÉGOÛTÉE.
GROUPE 3
KAJI KOTORI
HARADA YUKI
MOTOKI HARUMI
REGARDE
PFFF
LES FILLES !
ÇA VOUS DÉRANGE SI ON SE MET AVEC VOUS ? ♡
CE SERAIT COOL.
POURQUOI ? QU'EST-CE QU'IL Y A ?

CHAQUE FOIS QU'ELLE VIENT POINTER SON MUSEAU, JE NE PEUX PAS M'EMPÊCHER DE LA TROUVER GONFLÉE.
SORTIR AVEC LE GARÇON DONT EST AMOUREUSE UNE AMIE...
... FRANCHEMENT, ÇA NE SE FAIT PAS.
KYA HA HA HA !

PFFF...
QUELLE PETITESSE.
VOUS ÊTES OBLIGÉES DE HURLER À CHAQUE FOIS QUE VOUS PARLEZ DE ÇA ?
VOUS N'ÊTES VRAIMENT PAS BIEN DANS VOS TÊTES !

ムッ
GRRR
CLAP
CLAP
HEP, LÀ !
QU'EST-CE QUE VOUS FABRIQUEZ ? AU TRAVAIL !
HA
JE PEUX ÊTRE TA PARTENAIRE SI TU VEUX.

EUH...
D'ACCORD.
CLAC
シャカ
CLAC
シャカ
CLAC
シャカ
C'EST VRAIMENT...
... UNE JOLIE FILLE.
MÊME QUAND ELLE CASSE UN ŒUF, ELLE ARRIVE À AVOIR DE LA CLASSE.
QU'Y A-T-IL ?
AH !
EUH... JE VOULAIS TE REMERCIER POUR TOUT À L'HEURE.
ET PUIS... POUR LA BOMBE AU RIZ, AUSSI. JE N'AVAIS PAS EU L'OCCASION DE LE FAIRE...
JE SUIS NAVRÉE DE NE PAS T'AVOIR RECONNUE, AU DÉBUT.
HA HA !
NE T'EN FAIS PAS POUR ÇA.
JE N'AI PAS EU LE LOISIR DE VENIR EN COURS TRÈS SOUVENT. J'AI EU PAS MAL DE CHOSES IMPORTANTES À FAIRE À CÔTÉ.

DES... CHO-SES À FAIRE ?
OUI. MAIS JE NE PEUX RIEN TE DIRE.
C'EST SECRET. DÉSOLÉE.
NON, C'EST MOI QUI M'EXCUSE. JE N'AURAIS PAS DÛ TE DE-MANDER.
DEPUIS TOUT À L'HEURE, TU NE FAIS QUE T'EXCUSER, MA CHÈRE KOTORI...
CLAC CLAC CLAC
CLAC
... ATTEN-TION LE BOL ! ÇA VA DÉBORDER !
OUPS ...
JE... JE M'EXCUSE.
J'EN AI FAIT BEAUCOUP TROP.
CE N'EST RIEN. J'AIME MANGER MES BROWNIES AVEC BEAU-COUP DE CHANTILLY ! ♡
AU FAIT, TU SAIS QUE LES PÂTISSE-RIES, C'EST UN SUPER CADEAU POUR UN GARÇON ?

HEIN ?
IL Y A PLEIN DE MOULES DE FORMES DIFFÉRENTES. PROFITES-EN ! IL Y A MÊME DES CŒURS.
JE PENSAIS... LUI ÉCRIRE "JE T'AIME" EN BROWNIES. TU CROIS QUE ÇA LUI DÉPLAIRAIT ?
NON. SI C'ÉTAIT MOI, EN TOUT CAS, JE SERAIS TRÈS CONTENTE, AU CONTRAIRE !
QU'EST-CE QU'IL Y A ?
RIEN.
J'AI COMME...
... UNE IMPRESSION DE DÉJÀ VU...
JE SUIS CONTENT E, C'EST TOUT.
?

C'EST LA PREMIÈRE FOIS QUE J'ARRIVE À DISCUTER AUTANT AVEC UNE FILLE DE LA CLASSE.
C'EST PROBABLEMENT PARCE QUE TU T'ARRANGES POUR ME METTRE À L'AISE. MERCI BEAUCOUP.
HI HI HI HI HI
TU ES VRAIMENT MIGNONNE.
?
NON. JE SUIS BIZARRE. ET LENTE.
C'EST TOI-MÊME QUI L'AS DIT. C'EST PARCE QUE JE NE T'AVAIS PAS RECONNUE, D'AILLEURS, N'EST-CE PAS ?
POUR CERTAINES CHOSES, JE SUIS CONSTAMMENT À CÔTÉ DE LA PLAQUE.
NON, NON ! JE NE VOULAIS PAS TE VEXER.
QUAND JE DISAIS "LENTE", C'ÉTAIT JUSTE PAR RAPPORT À TA RELATION AVEC TON COPAIN.
HEIN ?

TOUT À L'HEURE, TON COPAIN, IL TE FAISAIT UNE CRISE DE JALOUSIE !
C'EST POUR ÇA QU'IL ESSAYAIT DE TE METTRE EN COLÈRE.
JA...
YO ?
CE N'EST PAS VRAI ?!
JALOUX ?!
OUI. ET PLUTÔT DEUX FOIS QU'UNE !
MAIS... POURQUOI ?!
?
?

QUAND...
... J'Y REPENSE...
...
... C'EST VRAI QU'ON AURAIT DIT QU'IL CHERCHAIT À ME METTRE EN COLÈRE...
MAIS ALORS... YO PEUT ÊTRE JALOUX ? À CAUSE DE MOI ?
LE FAIT QU'IL AIT PU FAIRE PASSER ÇA POUR DE LA SIMPLE TAQUINERIE...
... PROUVE À QUEL POINT VOUS VOUS ENTENDEZ BIEN, TOUS LES DEUX.
TA... TAQUINERIE ?
OUAOUH ! JE N'EN REVIENS PAS.
C'EST DE LA MAGIE.
MERCI DE M'AVOIR DIT TOUT ÇA. JE N'AVAIS RIEN VU !
AU FAIT... COMMENT TU T'APPELLES ?
JE M'APPELLE ...
... IBUKI.
NATSUME...
... IBUKI.

OUAH !
ÇA SENT BON ! ♡
LES FILLES ONT DIT QU'ELLES ALLAIENT PRÉPARER DES GÂTEAUX EN CUISINE, AUJOURD'HUI.
SÉRIEUX ?
J'ESPÈRE QU'ELLES NOUS EN FILERONT.
YUKITO, TOI, TU ES TRANQUILLE. TU ES CERTAIN D'EN AVOIR.
PAS SI SÛR...
QUOI ? QU'EST-CE QU'IL Y A ?
HIER, ENCORE, TU TE VANTAIS DE TES EXPLOITS.

AH ! VOILÀ LES FILLES !
ABE ! TU VEUX DES BROWNIES ?
TU M'EN DONNES ? GÉNIAL ! ♡
ABE ! SALE VEINARD !
QUE FAIRE... J'AIMERAIS BIEN ALLER LES LUI DONNER, MAIS...
... DEVANT TOUT LE MONDE, J'AI HONTE...
ALLEZ ! TOUS À VOS PLACES ! RÉUNION DE FIN DE JOURNÉE.

...
LES JOURNÉES DE DEMAIN ET APRÈS-DEMAIN SERONT CONSACRÉES AUX ÉVALUATIONS EN SPORT. IL N'Y AURA DONC PAS D'AUTRES COURS.
SUPER ! ♡
TROP COOL !
ガタ KLAA
TU AS BIEN DIT QUE TU RENTRAIS AVEC MOI, AUJOURD'HUI, YUKITO ?
VOUS BOUGEZ QUELQUE PART ?
OUI.
SALUT !
À DEMAIN.
...
ENCORE ENTOURÉ DE MONDE.

DODOM
ドドギッ
AH...!
À... À PLUS !
EUH...
OUAIS.
JE N'AI ...
... PAS RÉUSSI À LUI DONNER.
...
CHOQUÉ DE NE RIEN AVOIR REÇU.

KSHA
JE ME DEMANDE S'ILS SERONT ENCORE BONS DEMAIN...
JE ME DEMANDE SI C'EST TRÈS APPROPRIÉ D'ALLER VOIR HIKARU.
...
IL EST PRESQUE 30.
16:15
JE SUIS VRAIMENT TROP NULLE.
POURQUOI EST-CE QUE JE NE PEUX PAS AVOIR UN PEU DE COURAGE, COMME TOUT LE MONDE ?

SI IBUKI NE S'EST PAS TROMPÉE...
... ET QUE YUKITO EST EFFECTIVE-MENT JALOUX...
... CE NE SERAIT PAS CORRECT D'ALLER VOIR HIKARU COMME ÇA.
À BIEN Y RÉFLÉCHIR, DANS DOKIMEMO... QUAND HIKARU A RENDEZ-VOUS AVEC D'AUTRES FILLES, ÇA M'ÉNERVE.
D'AUTANT PLUS SI HIKARU EST UN GARÇON.
MÊME SI J'AI UN PEU HONTE DE N'AVOIR QUE DOKIMEMO COMME POINT DE COMPARAI-SON...
BASE DE L'UNIVERS AMOUREUX DE KOTORI = DOKIMEMO.
SI...
... YUKITO RESSENT CE QUE JE RES-SENS EN CE MOMENT...
...
DS.
BROWNIES.

PARDON...
... HIKARU !
JE NE PEUX PAS TE VOIR, AUJOURD'HUI !
JE NE VEUX PAS RISQUER DE CAUSER UNE MÉPRISE AVEC YUKITO.
PAR-DONNE-MOI !
GRRR ! QU'EST-CE QU'ELLE FABRIQUE ?!
16:42
ELLE DEVRAIT DÉJÀ ÊTRE LÀ DEPUIS LONG-TEMPS !
ET YUKITO ? POURQUOI IL NE VIENT PAS ? JE LUI AI POURTANT MIS UN MOT !
HÉ ! HARADA ! JUSQU'À QUAND TU VAS ME FAIRE RESTER ICI ?
Y A PER-SONNE.
AH OUAIS ? JE NE SAIS PAS SI JE DOIS TE CROIRE.
TOI, TU TE TAIS ET TU RETOURNES À TON POSTE. JE TE PAIERAI UN BIG MAC.
ÇA SUFFIT ! TIENS-T'EN AU PLAN. LORSQUE LA FILLE AUX LONGS CHEVEUX ARRIVE, TU LUI DIS "C'EST MOI HIKARU", ET TU LA BLABLATES UN PEU.
QUAND JE TE FAIS SIGNE, TU LA PRENDS DANS TES BRAS. POINT.

JE VEUX QUE YUKITO LA VOIE DANS TES BRAS.
GRRR...
...
PAS ENCORE PARTI, YUKITO ? C'EST RARE.
J'AI UN PETIT TRUC À FAIRE.

TIENS ! TU VOIS !
IL EST ENCORE LÀ.
ALORS !
VAS-Y ! QU'EST-CE QUE TU ATTENDS ?
CE... CE SONT DES BROWNIES QUE J'AI PRÉPARÉS EN COURS DE CUISINE. EST-CE QUE TU VEUX BIEN LES ACCEPTER ?
...

DÉSOLÉ.
C'EST NON.
...

OH-OOH ! YUKITO !
TU AS L'AIR DE NE RIEN AVOIR À FAIRE ? ÇA TE DIRAIT DE ME DONNER UN COUP DE MAIN POUR LES PRÉPARATIFS DE DEMAIN ?
HEIN ?
JE ME SUIS FAIT METTRE LE GRAPPIN DESSUS PAR LE PROF...
... POUR TRACER LES LIGNES SUR LES TERRAINS ET TOUT ÇA.
TU ES MON POTE, OUI OU NON ?
ALLEZ !
OH !
OH !
QUELLE BELLE DÉMONSTRATION D'AMITIÉ. JE SUIS ÉMU.
DANS LA COUR. AU PAS DE COURSE !
OUAAH !
DÉGOÛTÉ !
KLANG
LES CHAUSSURES DE YUKITO NE SONT PAS DANS SON CASIER.
IL A DÛ RENTRER.

IL FAUT...
... QUE JE LE VOIE.
JE VEUX LUI DONNER MES BROWNIES. ET LUI DIRE CE QUE JE RES-SENS.
BRRRR BRRRR BRRRR
VOUS ÊTES SUR LE RÉPONDEUR DU...
IL NE RÉPOND PAS.
ÇA Y EST, M'SIEUR. ON A FINI.
BIEN. VOUS POUVEZ Y ALLER.

Tiens.
Prends ça.
C'est ta récompense.
Cool !
Cimer.
Hé, là !
On dit merci.
Hé hé.
Ils se fichent du monde !
Quand est-ce qu'ils vont se décider à venir ?!
Oups...
Il fait nuit.
Il est déjà 18H.
Que ...?!
KOTORI 16:43
KOTORI 16:58
KOTORI 17:15
KOTORI 17:20
KOTORI 17:43
1

TOU-JOURS RIEN CÔTÉ E-MAILS NON PLUS.
PAS DE NOUVEAUX MESSAGES
D'HABITUDE, IL RÉPOND ULTRA-VITE.
JE VAIS M'ARRÊTER LÀ. SI JE CONTINUE, IL VA FINIR PAR ME PRENDRE POUR UNE FOLLE.
ET COMME JE N'AI PAS LES COORDONNÉES DE SES COPAINS NON PLUS...
C'EST DANS CES MOMENTS QUE JE ME RENDS COMPTE COMBIEN...
... MON UNIVERS EST ÉTROIT.
ぎゅ
KYUU
JE NE CONNAIS RIEN DE SES AMIS...
JE N'AI RIEN VU QUAND IL ÉTAIT JALOUX...
JE NE SUIS PAS SEULEMENT LENTE : JE SUIS COMPLÈTEMENT NULLE.

TIENS ? KAJI !
QU'EST-CE QUE TU FAIS ICI ?
AH...
C'EST ABE !
TU N'ES PAS AVEC YUKITO ?
EUH...
À CE PROPOS, JUSTEMENT... YUKITO, TU NE SAURAIS PAS OÙ IL EST ?
...
EH BIEN...
IL DOIT ENCORE ÊTRE AU BAHUT.
JE LUI AI PROPOSÉ DE RENTRER AVEC MOI, MAIS IL A REFUSÉ. JE CROYAIS QUE C'ÉTAIT PARCE QU'IL DEVAIT RENTRER AVEC TOI.

JE NE SAIS PAS COMMENT TE REMERCIER ! JE VAIS ALLER VOIR. JE TE LE RENDRAI AU CENTUPLE.
HA HA !
NE DIS PAS DE BÊTISES. PAS DE ÇA ENTRE NOUS.
TU N'AS RIEN À ME "RENDRE". JE N'AI FAIT QUE RÉPONDRE À TA QUESTION.
PAR-DON ?
ET C'EST NORMAL : TU ES LA COPINE DE YUKITO !
BON... MERCI, ABE...
HÉ HÉ !
AU FAIT, TU N'AS PAS MES COOR-DONNÉES, JE CROIS ? JE VAIS TE LES DONNER, AU CAS OÙ.
PENDANT QUE J'Y SUIS, YUKITO ÉTAIT TRÈS DÉÇU DE NE PAS AVOIR REÇU DE BROW-NIES, AUJOUR-D'HUI.
SALUT !
ME...

MERCI...
... ABE !
IBUKI ...
... ÇA AURA ÉTÉ LA JOURNÉE DES RAPPROCHEMENTS !
... ET MAINTENANT ABE...
J'AI PU LEUR PARLER COMME À DES AMIS.
J'AIMERAIS TANT...
... QUE ÇA CONTINUE ! IL FAUT QUE J'APPRENNE À FAIRE LE PREMIER PAS.

VITE... VITE...
DÉPÊCHE-TOI D'ARRIVER...
... TRAIN !
DODOM
!
YUKITO
ALLÔ ? YUKITO ?
KOTORI !

YUKI...
IL EST FOU ?!
HOP
YUKITO !

QU'EST-CE QUE TU FAIS ?
C'EST DANGE-REUX !
TOC
QUAND JE T'AI VUE...
... JE N'AI PAS PU ME RETENIR. ♡

OUAAAAH !
QU'EST-CE QUE C'EST ?
DES BROWNIES.
DES BROWNIES ?
ON DIRAIT DU CACA.
RÉPÈTE UN PEU ?!
ÇA FORME UN MOT.
UN MOT ?
OUI. SI TU REMETS LES LETTRES DANS L'ORDRE.
...
SUKI*
ETIAJME ?
MAIS NON : JE T'AIME !

*JE T'AIME

OUPS !
TU SAIS QUE C'EST LA PREMIÈRE FOIS QUE TU ME LE DIS, KOTORI.
UUUH ...
TOUT À L'HEU-RE...
... UNE AUTRE FILLE M'A PROPOSÉ SES BROWN-NIES.
ÇA M'A FAIT BIZARRE.
ET JE DOIS AVOUER QUE JE ME SUIS SENTI UN PEU FIER.
MAIS...
... CE SONT LES TIENS QUE JE VOULAIS. PAS CEUX D'UNE AUTRE.
MERCI, KOTORI.

YUKI-TO...
JE...
... T'AIME.
LES CHOSES VRAIMENT IMPORTANTES ...
MOI...
... ONT PARFOIS BESOIN QU'ON LES METTE EN MOTS...
... AUSSI, KOTORI.
AH...
TU VEUX UN CAFÉ ?
... SI ON VEUT ÊTRE SÛRS QU'ELLES PARVIENNENT JUSQU'À CELUI À QUI ON LES DESTINE.
NISHI M'EN A FILÉ UNE CANETTE TOUT À L'HEURE.
IL M'A OBLIGÉ À L'AIDER.
AIDER ? À QUOI ?
TIENS, TIENS ! YUKITO ! DÉCIDÉMENT, ON N'ARRÊTE PAS DE SE CROISER.

ALORS, ON SE FAIT DES PAPOUILLES ?
RYOSUKE !
ENCORE TOI ?!
JE RÊVE.
KAJI ?
KOTORI KAJI ? C'EST BIEN TOI ?
À SUIVRE...

DÉJÀ PARUS

panini manga www.paninimanga.fr

20TH CENTURY BOYS - 1 à 22
Naoki Urasawa
21ST CENTURY BOYS - 1 & 2
Naoki Urasawa
AFRO SAMURAI - 1 & 2
Takashi Okazaki
A ROMANTIC LOVE STORY - 1 à 3
Kaho Miyasaka
AI SURU HITO - 1 à 4
Yuki Yoshihara
ANGEL HEART - 1 à 28
Tsukasa Hojo
BABE MY LOVE - 1 à 7
Yoko Maki
BEAUTY - 1 à 6
Aya Oda
BINETSU SHOJO - 1 à 10
Kaho Miyasaka
BLOOD - LE ROMAN
Mamoru Oshii
BLUE HEAVEN - 1 à 3
Tsutomu Takahashi
B.O.D.Y. - 1 à 10
Ao Mimori
BRAVE 10 - 1
Kairi Shimotsuki
CAT'S EYE - 1 à 11
Tsukasa Hojo
CITY HUNTER - 1 à 25
Tsukasa Hojo
CITY HUNTER X
Tsukasa Hojo
DARLING - 1 à 8
Yuki Yoshihara
DAYDREAM - 1 à 7
Sankichi Meguro & Saki Okuse
DÉSIR©MAX - 1 à 7
Ayane Ukyo
DITES-MOI QUE J'EXISTE - 1 à 3
Ryo Ikuemi
DOGS - 0
Shiro Miwa
DOGS BULLETS & CARNAGE - 1 à 3
Shirow Miwa
EDEN - 1 à 18
Hiroki Endo
ENFER&PARADIS - 1 à 19
Oh! great
FLOWER OF EVIL - 1 à 3
Lee Hyeon-sook
4 PURE LOVES
Mayumi Yokoyama
4 REASONS
Mayumi Yokoyama
FULL METAL PANIC! - 1 à 9
Shouji Gatou & Retsu Tateo
FULL METAL PANIC! Σ - 1 à 8
Hiroshi Ueda, Shouji Gatou & Shikidouji
GALISM - 1 à 6
Mayumi Yokoyama
.HACK - 1 à 3
Rei Izumi & Tatsuya Hamazaki
.HACK//ALCOR
Kanami Amou & Rena Izumibara
.HACK//G.U.+ - 1 à 4
Tatsuya Hamazaki & Yuzuka Morita
HIMIKO-DEN
Oh! great
HIROKI ENDO NOUVELLES - 1 & 2
Hiroki Endo
HONEY BITTER - 1 à 4
Miho Obana
HONEY BUNNY - 1 & 2
Ryo Ikuemi
HONEY HUNT - 1
Miki Aihara
HOST CLUB - 1 à 13
Bisco Hatori
HOT GIMMICK - 1 à 12
Miki Aihara
IKKITOUSEN - 1 à 12
Yuji Shiozaki
KARE FIRST LOVE - 1 à 10
Kaho Miyasaka
KATTE NI SHIYAGARE - 1 & 2
Keiko Konno
KAZE NO SHÔ
Jirô Taniguchi & Kan Furuyama
KEN - 1 à 19
Tetsuo Hara & Buronson
KIRARA - 1 à 6
Toshiki Yui
KISS IN THE BLUE - 1 à 4
Kaho Miyasaka
KOKO DEBUT - 1 à 7
Kazune Kawahara
LA SUBMERSION DU JAPON - 1 & 2
Sakyou Komatsu & Tokihiko Ishiki
LE CHEMINOT
Jiro Asada & Takumi Nagayasu
LONE WOLF & CUB - 1 à 25
Kazuo Koike & Goseki Kojima
LOVE BERRISH ! - 1 à 4
Nana Haruta
LOVELY DEVIL - 1 à 11
Mitsuba Takanashi
MERU PURI - 1 à 6
Matsuri Hino
METAMO KISS - 1 à 3
Sora Omote
MIERU HITO - 1 à 6
Toshiaki Iwashiro
MIN MIN MINT
Satoshi Shiki
MOONLIGHT MILE - 1 à 10
Yasuo Otagaki
NIJIGAHARA HOLOGRAPH
Inio Asano
NORA - 1 à 9
Kazunari Kakei
NOSATSU JUNKIE - 1 à 7
Ryoko Fukuyama
PARFAIT-TIC! - 1 à 14
Nagamu Nanaji
PEACH GIRL ILLUSTRATION BOOK
Miwa Ueda
PLANETES - 1 à 4
Makoto Yukimura
PRINCESSE KAGUYA - 1 à 11
Reiko Shimizu
RHAPSODY IN HEAVEN - 1
Kanan Minami
REAL BOUT HIGHSCHOOL - 1 à 5
Reiji Saiga & Sora Inoue
RED EYES - 1 à 10
Jun Shindo
ROCKIN' HEAVEN - 1 à 5
Mayu Sakai
SAINT SEIYA EPISODE. G - 0 à 16
Masami Kurumada & Megumu Okada
SAIYUKI - 1 à 9
Kazuya Minekura
SAIYUKI RELOAD - 1 à 7
Kazuya Minekura
SENNEN NO YUKI - 1 & 2
Bisco Hatori
SIN - 1 & 2
Kim Hwan
SKIN - 1 à 3
Kouji Hayashi & Kunihiko Nakai
SIDOOH - 1 à 8
Tsutomu Takahashi
SOLARIUM - 1 & 2
Keiichi Itou
SUREBREC
Kazunari Kakei
TOKYO MAGNITUDE 8 - 1 à 4
Usamaru Furuya
TOTO - 1 à 5
Yuko Osada
URA PEACH GIRL - 1 à 3
Miwa Ueda
VAMPIRE KNIGHT - 1 à 9
Matsuri Hino
VENUS WA KATAOMOI - 1 à 13
Yuki Nakaji
WHISTLE! - 1 à 15
Daisuke Higuchi
ZERO THE CIRCLE OF FLOW - 1 & 2
Lim Dall-Young & Roh Sang-Yong

Pour compléter votre collection : tél. 04 92 12 57 65 - fax 04 92 12 57 58 - www.paninimanga.fr

FOCUS ON — PANINI MANGA — www.paninicomics.fr

RHAPSODY IN HEAVEN 1

192 pages • 6,95 €
Série en 3 volumes

Miyu a intégré son lycée grâce à ses talents de nageuse. Le jour de son arrivée à l'école, elle fait une étrange rencontre au bord de la piscine : un très beau jeune homme qui, sans prévenir, va lui donner son premier baiser ! Dès le lendemain, Miyu découvre avec horreur que son club a été fermé… et que par conséquent sa place à l'école n'est plus assurée ! Elle ne va pas tarder à retrouver le troublant garçon de la piscine… mais est-il bien ce qu'il prétend ?! De la passion avec **Kanan Minami** !!

SHOJO

FOCUS ON Panini Manga www.paninicomics.fr

HONEY HUNT 1

192 pages • 6,95 €
Série en cours (4 volumes au Japon)

Yura est enviée de tous : fille d'un compositeur et d'une actrice célèbres, elle incarne le rêve ! Mais sous les paillettes, Yura n'est qu'une jeune fille complexée et minée par l'absence continuelle de parents accaparés par leurs carrières ! L'annonce du divorce du couple va faire basculer la vie de la jeune fille dans le chaos le plus total. Pour elle qui a tant souffert, l'heure de la revanche a sonné ! Après *Hot Gimmick*, **Miki Aihara** vous offre sa toute nouvelle série… Scintillante !

SHOJO

Scénario et dessin
KAHO MIYASAKA

Traduction
ARNAUD TAKAHASHI

Lettrage
LARA IACUCCI

Directeur de l'édition française **ALAIN GUERRINI**. Comité de direction **A. GUERRINI, A. DENECHERE, S. DALLAIN**. Directeur délégué **SÉBASTIEN DALLAIN**. Directeur éditorial européen **MARCO M. LUPOI**. Responsable éditorial **WALTER DE MARCHI**. Responsable marketing opérationnel **MARJORIE TODRANI**. Chef des ventes **BENOÎT FRAPPAT**. Coordinatrice commerciale **LYDIE PHAM**. Contrôleur de gestion **GRÉGORY PELUSO**. Communication et relations presse **SOPHIE CONY**. Coordinateurs éditoriaux **MATTEO LOSSO, ANNA RODELLA**. Supervision **LAETITIA SAMMARTINO**. Rédaction **VÉRONIQUE PARRA, SANDRINE VAUBOIS**. Rédacteur **MATTHIAS DAGORNE**. Directeur artistique **MARIO CORTICELLI**. Conceptrice graphique **SABRINA PIU**. Maquettiste **PAOLA CARPI**. Avec la collaboration de **J. BAGLIO, A. JODKOWSKI, MPG** et de toute l'équipe de Panini.

A ROMANTIC LOVE STORY 3
ISBN : 978-2-8094-0901-7

Un ouvrage PANINI MANGA / PANINI FRANCE S.A.
Commercialisation et relations média : PANINI FRANCE S.A. – Z.I. SECTEUR D - B.P. 62 – 06702 SAINT-LAURENT-DU-VAR CEDEX
www.paninimanga.fr – presse-bd@panini.fr – Tél. 04 92 12 57 57 – Fax 04 92 12 57 58

ATTENTION !

Afin de respecter l'œuvre, ce volume est présenté dans son sens de lecture original.
Vous êtes ici à la fin du volume. Commencez par la dernière page et lisez les bulles de droite à gauche.